Johann Christian Krüger

Die übelgeratene Verkleidung

oder der geprügelte Teufel - ein Lustspiel in Versen

Johann Christian Krüger

Die übelgeratene Verkleidung
oder der geprügelte Teufel - ein Lustspiel in Versen

ISBN/EAN: 9783742870599

Hergestellt in Europa, USA, Kanada, Australien, Japan

Cover: Foto ©Andreas Hilbeck / pixelio.de

Manufactured and distributed by brebook publishing software
(www.brebook.com)

Johann Christian Krüger

Die übelgeratene Verkleidung

Die
übelgerathene
Verkleidung,
oder der
geprügelte Teufel

Ein Lustspiel
in Versen
von zwey Aufzügen
mit Liedern vermischt.

Auf der Kaiserl. Königl. privilegirten deutschen Schaubühne zu Wien aufgeführt.

Johann Christian Krüger

WIEN,
Zu finden im Krnaußischen Buchladen nächst
der Kaiserl. Königl. Burg.
1764.

Perſonen.

Strage 278

Herr Wilhelm,
ein Pachter.

Herr Weiskern.

Jakob,
deſſen Bruder.

Herr Brenner.

Hanchen,
Wilhelms Frau.

Jungfer Obingerinn.

Valentin,
ein Soldat, Hanchens
Liebhaber.

Herr Müller.

Ruthe,
Schulmeiſter im Dorfe.

Herr Jaquet.

Colombine,
Ruthens Frau.

Frau Meyerin.

Peter,
Ruthens Knecht.

Herr Gottlieb.

Der Schauplatz iſt vor des Pachters Hauſe, in einem großer Dorfe.

Erster Aufzug.

Erster Auftritt.

Wilhelm. Jacob.

Acht hundert Thaler! Nein; ich konnt auch
     Seide spinnen;
Doch soviel konnt ich nicht beym Herrendienst
     gewinnen:
Vier Jahre haben mir fünfhundert nur ge-
     bracht;
Dir achte! Jacob sprich! wie hast du das ge-
     macht?

Jacob.

So, wie du michs gelehrt. Ich dancke dir es
     immer.
Als Bruder riethst du mir: den Rath vergaß
     ich nimmer;
Durch dich allein bin ich geworden, was ich
     bin:
Du führtest mich zu erst bey Golz ins Lager hin.
Der Marquetänder wars, der mich nach
     Wunsch beglückte,

      Weil

Weil ich bey ihm durch List mir meinen Beu=
                                        tel spickte;
Da unser Corps bald hier, bald dort ein Lager
                                        schlug;
Durch Reisen, Bruder! glaubs, durch Rei=
                                sen wird man klug.
Was sieht man in der Welt nicht? glaubs
                                bey meiner Ehre!
Ein Mensch der nicht gereißt, ist gar nichts.
                                Doch die Lehre,
Die du beym Abschied noch mir gabst, hat gut
                                        gethan.
Du führtest mich die Welt recht zu betrügen an.
Du wollest dieses Lob nicht mit Erröthen hören,
Mein Reichthum ist die Frucht von deinen
                                weisen Lehren.

Wilhelm.

Die Lehren waren gut: du hast noch mehr ge=
                                        than;
Allein mich ficht der Neid, der Brüder trennt,
                                        nicht an.
Ich hab ein gutes Hertz, ich will dirs gerne
                                        gönnen.
Doch weiß ich nicht, wie du so viel hast mau=
                                sen können.

Jacob.

Den allerbesten Schnitt macht ich die beyden
                                        Jahr,
Da ich mit meinem Herrn im großen Lager
                                        war.
Ich wußte damahls schon mich in die Kunst zu
                                        schicken,
                                        Wie

Wie sich ein Kellner recht den Beutel könne
spicken.

Zwey hundert Thaler macht ich mir das erste
Jahr:

Mein Herr bemerckt es nicht, so schlau er
immer war.

Ihn hab ich zwar nicht sehr, wie du wohl
glaubst, betrogen,

Die Gäste aber stets um destomehr gezogen:

Den Wein, der sonst nicht mehr als sieben
Kreutzer galt,

Hat mir oft mancher wohl mit sechzehen be=
zahlt.

Und wollt ich diese Herrn auf beß're Art be=
lauschen:

So konnt ich sie ja leicht mit Einschlagwein
berauschen:

Alsdann gab ich mehr Wein, als sie getrun=
cken, an:

Weil ihren Ehrgeitz nichts so kitzelnd schmeich=
len kan,

Als daß sie sich beym Wein wie Helden zeigen
können:

So konnt ich allezeit die Zeche grösser nennen.

Denn weil der Nectar Saft sie schon verwirrt
gemacht,

Gab keiner, wie viel er getruncken, weiter acht.

War einer der etwan die Uhr versetzen wollte,

Dacht ich: es sey die Pflicht, daß ich was
Guts thun sollte.

Ich that ein christlich Werck, und lieh ihm
ungefehr

Für

Für zwantzig Thaler Werths, zehn Thaler,
                doch nicht mehr;
Und mußte dann und wann ein Pfand verloh=
                ren gehen,
So bliebs so gut bey mir, als wie beym Ju=
                den stehen.
So wie mein Herr die Welt durchs Beyspiel
                überführt,
Daß man beym Handel, wenn man klug ist,
                nichts verliehrt.
So hatt ich mir die Welt zu trügen vorge=
                nommen
Und bin, wie du mich siehst, so reich zurück
                gekommen.

            Wilhelm.

Gut Bruder! wie ich seh, schlägst du nicht
                aus der Art,
Wir sind den Bauren recht zu Pachtern vor=
                gespart.
Es freut mich, daß sie mich des Himmels
                Geißel nennen,
Dich wird der Himmel auch dazu gebrauchen
                können.
Wir beyde schickten uns gut in ein Richter
                Amt,
Wo man umsonst nicht schont, nicht unbe=
                schenckt, verdammt.

           Jacob.

Ich möchte nur, sollt ich recht meine Gaben
                üben,
Ein Frauenzimmer seyn, das reiche Thoren
                lieben:
                War=

Warhaftig, kein Geschöpf strebt durst'ger nach
Gewinn,

Kriegt ihn mit leicht'rer Müh als solche Buh=
lerin;

Ich wollte reicher seyn an Dosen, und an
Bändern,

Als eine Tändlerin an nicht gelößten Pfän=
dern.

Allein, da diesen Wunsch nichts möglich ma=
chen kan:

So wend ich mein Talent nach deinem Bey=
spiel an.

Birndorf hab ich bereits von meinem Herrn
gepachtet:

Jedoch, mein Herz, das noch nach einem
Glücke trachtet,

Das du bereits erlangt, und mir höchst nö=
thig ist,

Ersucht dich, der du schon vier Jahr verehligt
bist,

Ein schön und reiches Kind mir schleunig aus=
zulesen.

Du bist solang ein Mann = =

Wilhelm (betrübt)

Ach wär ichs nie gewesen!

Mein lieber Bruder glaub! es ist gar keine Lust.

Ich hätte noch kein Weib, hätt ich das eh ge=
wußt,

Was ich jetzt weiß.

Jacob (lachend)

So geht mirs immer nach dem Essen

A 4
Wär

Wär man vorher stets satt, so würde nie ge-
gessen.

Mich wunderts nicht, daß dich die Zeit gesät-
tigt hat:

In Städten wird man noch viel eh'der Wei-
ber satt.

Die Eh' ist ein Gericht, das ein'ge Wochen
schmecket,

Und einen Ueberdruß, der Jahre währt, er-
wecket.

Ich weiß es, und die Welt ist davon überführt:
Doch dies ist ein Beweis, der ungefühlt nicht
rührt.

Ich wenigstens will gern für einen Monath
Freuden

Im Ehestand, zehn Jahr desselben Hölle leiden.
Und glaub, ich bin es nicht allein, der also
denckt.

Allein, was ist es denn, das dich so herzlich
kränckt.

Dein Hanchen ist doch schön, und
Wilhelm.

Leider! sie entzücket
Mich noch so, wie den Tag, da ich sie erst er-
blicket.

Jacob.

Wie glücklich bist du doch! das ist erst eine
Pein,

Noch stets derselben Mann, die man längst
haßt, zu seyn.

Doch ich errath es bald: schön seyn, und
häußlich leben,

Ist

Ist selten einer Frau zu gleicher Zeit gegeben.
Dein Hanchen wird vielleicht die Wirthschaft
                                    nicht verstehn?

Wilhelm.

Ach diese Tugend muß ich selbst an ihr erhöhn,
Die macht sie mir so lieb; wenn ihr nur eins
                                    nicht fehlte!
Du lachtest mich nur aus, wenn ich es dir er=
                                    zehlte.

Jacob

Nur eines fehlet ihr? Ha! ich versteh dich schon,
Du bist vier Jahr ein Mann, und hast noch
                                    keinen Sohn.
Du giebst ihr vielleicht Schuld? = = Allein
                                    sey ohne Sorgen,
Was heut noch nicht geschehn, geschieht viel=
                                    leicht doch morgen.
Und dann was ist es mehr? du bists ja nicht
                                    allein,
Es giebt ja Väter gnug die ohne Kinder seyn.
Ja mancher, der sie hat, wünscht: hätte ich
                                    nur keine!
Und ist es Hanchens Schuld = =

Wilhelm.

        = = = O nein! die Schuld ist meine.
Ein kluger Vater ist aufs Erbgut eh' bedacht,
Eh' er die Haushaltung durch Kinder grösser
                                    macht.
So denck ich eben. Ach! es sind gantz andre
                                    Sachen,

Die mir den Ehestand betrübt, und bitter
                                        machen,
Die mich fast   ⸰   ⸰

Zweyter Auftritt.

Wilhelm. Jacob. Valentin.

Valentin.

⸰ ⸰ Guten Tag, Herr Pachter! sieh
                                doch da,
Betrüg ich mich auch nicht. Ist das nicht
                                Jacob? ⸰

Jacob.

⸰ ⸰ Ja!
Ich bin es, doch nicht mehr der Jacob auf dem
                                Lande;
Jetzt heiß ich: strenger Herr! nach meinem
                                neuen Stande.
Denn wißt, daß ich bereits seit gestern Pach-
                                ter bin,
In euch seh' ich noch stets den Bauer Valentin.
Da mir das ganze Dorf verdiente Ehr erweiset,
So thuts Herr Schweinhirt auch! denn wißt,
                                ich bin gereiset.

Valentin (sich in Positur stellend)

Herr Schuhbürst! Ich! verschont ich euren
                                Bruder nicht,
Ich bombardirt euch jetzt das pacht'rische Ge-
                                sicht.
Wißt ihr wohl, daß mein Arm das Vater-
                                land beschützet,
                                Wißt

Wißt ihr, daß ich mehr Blut, als Cäsarus
verspritzet?
Wißt ihr, daß ich drey Jahr in Brabant
Krieg geführt?
Daß ich bey Dettingen das Feld gemantenirt.

Valentin (zornig)

Bomben, Mörser, Flinten, Stück,
Hundert tausend Elementen,
Sollen dir den Augenblick,
Dein nichtswerthes Leben enden!

Jacob.

O Herr Prahlhanns! laßt es seyn,
Macht mir nicht die Galle rege;
Oder ihr kriegt Pachter Schläge;
Held! ich rath euch, packet ein!

Valentin.

Kerl! ich breche dir den Kragen!

Jacob.

O dein Zorn kan mich nicht jagen.

Valentin.

Flegel! dencke, wer ich bin.

Wilhelm (zum Jacob)

Du wirst hier den kürzern ziehn.
Alles, was im Dorfe lebet,
Wenn er seinen Arm nur hebet,
Auch die stärck'sten Männer fliehn.

Valentin.

Braun, und blau will ich dich schmieren,
Du sollst keinen Fuß mehr rühren.

Valen

alle drey
{
Valentin. Ich zerfetze dein Gesicht.

Wilhelm. Seyd doch Freunde, zan-
cket nicht.

Jacob. O ich fürchte mich noch
nicht.

Wilhelm (zum Valentin)

Vergebt ihm seinen Trotz! ⸪ ⸪

Valentin.

⸪ ⸪ ⸪ Er ist ein weiser Mann,
Herr Pachter! darum nehm ich seinen Für-
spruch an.
Er ist der einzige, den ich im Dorf verehre.
Wenn nur sein Glück von mir nicht zu benei-
den wäre,
Hätt' er nur keine Frau, die ich vor ihmge-
liebt!
Doch dieses Unglück hat mich schon genug be-
trübt.
Verzweiflungsvoll hab ich drey Jahr den
Krieg getrieben,
Doch nur umsonst; ich fühl's, ich muß sie
immer lieben,
Er ist ihr Mann: Allein ich weiß er zürnet
nicht,
Daß sein Rival so dreist, und offenherzig
spricht;
Denn seine Gütigkeit, die mir sein Haus ver-
gönnet,
Verdienet, daß mein Mund zu seiner Ruh
bekennet,
Daß

Daß Hanchen ihm so treu, als mir geliebt,
verbleibt,
Daß ihre Tugend nur mein Feuer höher treibt,
Daß sie ihn gar nicht liebt, daß sie mich gar
nicht höret,
Daß sie mich nur beklagt: und ihre Pflicht
verehret.

Wilhelm.

Die Offenherzigkeit = =

Valentin.

Verdienet sein Gehör,
Weil sie ihm Ehre bringt.

Wilhelm

Ach zu betrübte Ehr!

Valentin.

Ist das nicht Ehre gnug, solch' eine Frau be-
sitzen,
Die ihre Tugend weiß vor einem Feind zu
schützen,
Den sie so liebt, und der auch ihrer Liebe werth!
Ist das nicht Ehre gnug, daß die ihn treu ver-
ehrt,
Die ihn nicht lieben kan, und die er so betrübet,
Da er sie dem entführt, den sie so sehr geliebet?
Das heißt Beleidigung. Wär Hanchen aus
der Stadt,
Sie rächte sich an ihm, wie ers verdienet hat.
Und ich, ich schwör es ihm! wenn es zur
Rache käme,
Des Teufels will ich seyn, wenn ichs nicht
unternähme.

Wilhelm.

Wilhelm.

Und mir das ins Gesicht? das heißt zuviel ge-
wagt,
Ich habe meine Noth noch niemanden geklagt:
Doch weil er sich erkühnt dergleichen mir zu
sagen,
Will ich den Augenblick zum Richter gehn,
und klagen.

Valentin.

Ich will den Augenblick zu seinem Hanchen gehn,
Gönn er ihr diesen Trost! sie wird mich gerne
sehn:
Indessen darf er nichts der Ehre wegen scheuen:
Wir sehn uns nur, und das ist gnug uns zu
erfreuen.

ARIA.

Ja, ja! ich muß zu Hanchen gehn.
Glaub Freund! sie wird mich gerne sehn,
Sie bleibt mir allezeit ergeben.
Ihr Mund
Macht kund:
Sie liebe mich allein:
Dies lindert meine Pein.
Noch gern gäb ich für sie mein Leben.
(geht ab)

Dritter Auftritt.

Wilhelm. Jacob.

Wilhelm.

Nun Bruder, merkst du bald den Kummer,
der mich plagt?
Hat

Hat nicht ein Ehmann recht, wenn er das
Glück verklagt,
Das so Verlangens werth dem Unerfahrnen
scheinet ⸗ ⸗
Die Undanckbare ⸗ ⸗ Ach!

Jacob.

Und wie? ein Pachter weinet?
Ein Hertz, das nie das Flehn der Ausge⸗
pfändten rührt,
Dem keine Thränen ⸗ Macht die edle Stärck
entführt,
Das bebt vor einer Frau? ⸗ ⸗ Mich schrö⸗
cken deine Triebe.
Warum kanst du sie nicht mit Zwang ⸗ ⸗

Wilhelm.

Weil ich sie liebe.
Du sollst, beklage mich, jetzt meine Schwach⸗
heit sehn.
Ich fühls! wie hoch kömmt mich mein Reich⸗
thum doch zu stehn!
Er kann nicht jedes Hertz so leicht als meins be⸗
siegen.
Ich glaubt es, und der Wahn kost mich mein
ganz Vergnügen.
Sobald ich Hanchen sah, fiel ich in Zauberey;
Von diesen Feßeln bin ich noch bis jetzt nicht
frey.
Wie unbesonnen ists auf Geld und Rang zu
pochen?
Eh' ich ihr Herz gefragt, ward ich mit ihr
versprochen.

Die

Die Eltern gaben mir die junge Tochter
gleich:
Doch, die empfand es nicht, wie jene, daß
ich reich.
Von ihrem Valentin, von sonst nichts einge-
nommen,
Sah sie mich allezeit als ihren Henker
kommen.
Die Eltern zwangen sie: ich ward ihr Bräu-
tigam,
Ich sah, ich küßte sie: sie litt's, und blieb
mir gram.
Wie oft hat, wenn mein Mund auf ihrem sich
verweilet,
Ihr Blick voll Zorn und Haß, die Seele mir
zertheilet!
Entzückt, daß nur für mich ihr schöner Mund
gemacht,
Fühlt ich den Schmerz, daß er mich niemahls
angelacht.
Von meinem Geld hofft' ich, und von der El-
tern Seegen,
Was Blicke Valentins zu meiner Qual ver-
mögen.
Die Hochzeit kam. Der Tag - - Der süße
Tag kam an,
Ach! daß ich jetzt nicht mehr dergleichen ha-
ben kan!
Denn will ich nun von ihr ein gutes Auge
haben,
So muß ich manchen Tag in stillen Schmerz
begraben.

Vier

Vier ganze Wochen lang mußt ich sie wei-
nen sehn,
Kein freundlich Wort hört ich aus ihrem
Munde gehn.
Kurz: wollt ich nicht den Tod sie sehen von mir
trennen,
Mußt' ich dem Valentin sie zu besuchen
gönnen:
Kam er, so war sie froh, gieng er so weinte
sie.
Ich ward von ihr gehaßt, und er geliebt. Doch
nie
Hab ich etwas gesehn zum Nachtheil meiner
Ehre:
Es sey denn, daß ich schon dadurch enteh-
ret wäre,
Daß er die Hand ihr küßt, und daß sie mit
ihm lacht,
Daß sie sein Scherz erfreut, und meiner
traurig macht.

Jacob.

Dein Unglück ist nicht groß; Nein, ich muß
dich erheben,
Es weiß kein Cavalier so gut, als du zu
leben.
Dein Fehler ist, du bist in deine Frau ver-
liebt,
Sonst üb'st du den Gebrauch den man in
Städten übt;
Du bleibst doch stets ihr Mann, was schadet
dir ihr hassen?

B   Sie

Sie lieben mußt du nicht, das mußt du je-
nem laſſen.

Sein Glück iſt deines Neids, und deines
Grams nicht werth.

Es ſtrafet ihn genug, daß ſie dir zugehört.

Allein, da der Pfantaſt drey Jahr im Krieg
geweſen,

Iſt da dein Hanchen nicht von ihrer Glut
geneſen?

Wilhelm.

Mein Unglück wuchs mit ihr durch die Abwe-
ſenheit.

Ein ganzes Jahr verlief, ohn eine Neuigkeit

Von dem, um welchen ſie mich haſſet, her-
zubringen,

Und nichts konnt ihren Schmerz, nichts ihren Haß bezwingen,

Mir fluchend weinte ſie um ihres Liebſten
Tod,

Mit dem er voller Wuth beym Abſchied ihr
gedroht.

Dir, ſprach ſie ſtündlich faſt zu mir, hab
ich ſein Leben,

Mein Glück, und meine Ruh zum Opfer hin-
gegeben.

Doch, Mörder! nein! du haſt uns alles dies
entwandt.

Der Eltern Grauſamkeit verkaufte meine
Hand.

Sie wurde kranck, und ich, ich weint, an ihrer Stelle;

Das

Das ganze Jahr fühlt ich des Ehstands ganze
Hölle.

Mit desto größ'rer Qual; weil ich zugleich die
Lust,

Die sie erträglich macht, dabey entbehren
mußt.

Doch endlich kam ein Brief, das Ende mei=
ner Plagen.

Mein Nebenbuhler schrieb. Wie bin ich zu
beklagen!

Was meiner Eifersucht, und ganzen Rache
werth,

Das wurd' anjetzt von mir bewillkommt, und
verehrt,

Ich selbst, las ihn ihr vor. Sie wusch den
Brief mit Zähren;

Worinn ein jeder Strich schien meinen Tod
zu schwören,

Sie küßt ihn so belebt, als hätt er einen
Mund.

Der Brief that Wunder; kurz er machte sie
gesund.

Sie fiel mir um den Hals, sie küßte mich so
brünstig ⸗ ⸗

Kein Tag, war diesem gleich, nie war sie
mir so günstig!

Wie schön, wie schmeichelhaft, wie reizend
war sie mir!

Und ich ⸗ mit Zittern nur, Jacob! erzähl ichs
dir ⸗ ⸗ ⸗

Ich ⸗ ⸗ schließ daraus, wie sehr sie mich
beherrschen müssen ⸗ ⸗

So

So schwach war ich ⸗ ⸗ doch nein du
brauchst es nicht zu wissen.

Jacob.

Warum nicht? Hab ich dich schon warum
ausgelacht?

Hab ich denn nicht mit dir stets überein gedacht?

Erzähle mir es nur! Ich kann dich doch beklagen,

Und wenigstens ein Wort zu deinem Troste
sagen.

Du warst so schwach, daß du ⸗ ⸗ wenn
du sie auch geküßt,

So seh' ich doch noch nicht, warum du strafbar bist.

Wilhelm.

Ach! solang schmeichelte sie meinen schwachen
Sinnen,

Bis ich sie über mich den Vortheil ließ ge-
winnen.

So sehr misbrauchte sie den ihr ergebnen
Trieb,

Daß ich dem Valentin für sie die Antwort
schrieb.

Ich mußt darinn ihr Herz dem Nebenbuhler
senden;

Mir fiel aus Eifersucht die Feder aus den
Händen,

Doch, dann ermunterten mich ihre Küße
gleich,

Und ich lieh ihr die Hand zu meinem Todes-
Streich,

Die

Die Blicke, die mein Herz ihr unterthänig
machten,
Die Seufzer, welche nur nach seinem Herzen
schmachten.
Die Küße, darnach ich oft sterblich lüstern
bin,
Sandt ich, weil sies befahl, dem Nebenbuhler
hin.
Und mich, recht lebhaft, sie zu senden, zu
verbunden,
Ließ sie mich erst davon die ganze Gluth em=
pfinden.
So gieng es nachdem fort, er schrieb fast wö=
chentlich,
Und jeder Posttag war ein Hochzeit=Tag für
mich.
Nachdem er wieder hier, sind meine schöne
Stunden,
Wenn ich den Valentin durch Wohlthun mir
verbunden.
Sobald sie ihn erblickt, sobald er mit ihr
spricht,
Herrscht Heiterkeit und Lust in ihrem Ange=
sicht.

Jacob.

Gut! du hast das Geschick nun schon einmal
zum Feinde,
Drum halte wenigstens den Valentin zum
Freunde.

Wilhelm.

Wenn ihre Tugend nur von seiner Gluth be=
siegt,

Zu

Zu meinem Unglück nicht der Untreu unter=
liegt.

Herr Ruthe hat es sich aus Freundschaft un=
ternommen,

Den Valentin = = Allein ich seh ihn eben
kommen,

Vielleicht bringt er mir schon den glücklichen
Bericht.

Ich weiß, daß er mit mir gern ohne Zeugen
spricht,

Verlaß uns; sieh! wie es in meinem Hause
stehet.

Vierter Auftritt.

Wilhelm. Ruthe.

Mit Schmerzen wart ich schon, Herr Ruthe
wie es gehet.

Ruthe (ganz athemlos.)

ARIA.

Welcher Schimpf, gerechter Himmel!
   Pfuy der Schand! das ist zu viel,
Daß der grobe Bauern Lümmel,
   Einen Meister prügeln will.
Einen Meister der studiret,
   Griechisch, und Hebräisch spricht.
Der euch Lieder componiret,
Auf dem Chore decantiret,

Die

Die Patenten expliciret,
Die der Amtmann euch mittiret,
Der im Dorfe advociret,
In dem Amte peroriret,
Euer Ansehn souteniret,
Euch ~ allem secundiret,
Eh' Contracten describiret,
Eure Rechte defendiret,
Eure Kinder instruiret.
Diesen Mann verschont man nicht?
Das Ende dieser Welt ist wahrlich! nicht mehr
weit;
So hoch stieg sie noch nie in der Ruchlosigkeit.
Kein Alter, und kein Amt wird mehr nach
Pflicht verehret,
Mir, welchem der Respect des ganzen Dorfs
gehöret,
Der ich dem Vaterland einst gute Bauern zieh,
Und mit den Kindern mich zerpeitsche spät und
früh;
Mir darf der Valentin ins würd'ge Antlitz
sagen:
Mit Prügeln woll' er mich aus eurem Hause
jagen.
Wilhelm.
Aus meinem Hause? wie! habt ihr ihn nicht
bekehrt?
Nun ist kein Mittel mehr, wenn er auch euch
nicht hört.
Ruthe.
Gewiß ihr dauert mich, glaubt mir bey mei-
ner Ehre,

Be=

Beschimpfet würdet ihr, wenn ich den Muth
                              verlöhre;
Doch wißt: ich mach euch heut von Valen-
                              tinen frey.

Wilhelm.

Ich glaube dennoch nicht: daß ich beschimpfet
                              sey.
Mein Hanchen ist zu fromm und tugendhaft
                              erzogen;
Sie liebt mich = =

Ruthe.

Gut, so seyd, weil ihr es wollt, betrogen.

Wilhelm.

Hört mich nur erst!

Ruthe.

Helft nur dem wackern Valentin,
Euch zu beleidigen: das macht ihn auch so
                              kühn.
                      (Er will gehen.)

Wilhelm (hält ihn)

Könnt ihr den Eigensinn, zu solchem Grade
                              treiben?

Ruthe.

Ihr seyd gern was ihr seyd; gut! gut! ihr
                              sollt es bleiben.

Wilhelm (hält ihn.)

Doch, irrt ihr euch auch nicht = =

Ruthe.

                  = = und zweifelt ihr daran?

Wilhelm.

Bin ich wohl?

                                  Ruthe

Ruthe.

Glaubts doch nur!

Wilhelm (weinet.)

Ich unglückselger Mann!

Ruthe.

In solchen Fällen kann man leicht zu wenig
glauben.

Wilhelm.

Doch dieser Glaube wird mir alle Ruhe rau-
ben.

Ruthe.

Macht euch vom Valentin nur auf Zeit Le-
bens loß,
So seyd ihr es nicht mehr; die Schand ist
noch nicht groß!

Wilhelm.

Daß ichs gewesen bin, werd' ich doch nie ver-
gessen.

Ruthe.

Ach es vergißt sich leicht, ich kanns bey mir
ermessen,
Darum habt guten Muth, und hört, auf
welche List
Zum Schrecken Valentins, mein Kopf ver-
fallen ist.

B 5   Er

Er brachte mich so weit durch trotz'ges Wi-
derstreben,
Daß ich im Eifer ihn dem Teufel übergeben,
Der Flegel war so frech, und lachte drüber; doch
Sein Trotz soll ihn gereun; ein Mittel weiß
ich noch:
Er soll noch sehn, daß ich beym Teufel viel
vermöge,
Und daß ich ihn niemahls umsonst zu ruffen
pflege.
Gleich soll er da seyn = =

Wilhelm (furchtsam.)

Ach! daß ich ihn nur nicht seh'.
Herr Ruthe! laßt es seyn; ich fürcht' und ich
gesteh',
Ich machte mir daraus ein ewiges Gewissen,
Wenns hieß: er hätt' um mich den Valentin
zerrissen.

Ruthe.

Nein noch ist er nicht da, verhüllt nicht das
Gesicht!
Mein Teufel, glaubt es mir, zerreißt die
Leuthe nicht.
Erzittert jetzt vor mir, ich selbst, ich bin der
Teufel.

Wilhelm.

Ihr! was? Herr Ruthe selbst, ihr seyd der = =

Ruthe.

= = ohne Zweifel.
Wil=

Wilhelm.

Ach knieend bitt' ich euch, erweiset mir kein
Leid.
Herr Teufel! denkt, daß ihr mein Herr Ge-
vatter seyd.

Ruthe.

Was macht ihr? schämt euch doch! könnt ihr
mich nicht verstehen?
Ich will den Valentin verstellt nur hinter-
gehen:
Zu Haus hab' ich ein Kleid, das ich mir
machen ließ,
Als sich einst meine Frau mir ungetreu erwies.
Mein Nebenbuhler ward sogleich dadurch
vertrieben:
Und seit der Zeit ist mir mein Weib stets
treu geblieben.
Zwey Hörner setz ich auf = = Jedoch ihr sollt
schon sehn,
Laßt mich nur jetzund gleich zu der Verklei-
dung gehn;
Die Nacht bricht schon heran, es wird nicht
lange währen:
Es wird bald Valentin von euch nach Hause
kehren,
Und hier muß er vorbey, und hier erwart'
ich ihn;
Er soll wohl euer Haus, glaubt mir, in
Zukunft fliehn.

Wil-

Wilhelm.

Gewiß ihr habt Verstand! = = Doch haltet
mir zu Gnaden:
Es thut dem Valentin doch auch wohl keinen
Schaden,
Wenn ihr ihn so erschreckt? ich wollte doch
auch nicht.

Ruthe.

Ey! wie gewissenhaft! ich weis schon meine
Pflicht.
Laßt mich nur gehn!
(geht ab.)

Wilhelm.

= = Gewiß, nun bin ich überführet,
Kein Mensch hat mehr Verstand, als Leute,
die studiret:
Wo treff' ich die Vernunft, als bey Herr
Ruthen an?
Nun glaub ich es, er ist ein grundgelehrter
Mann.
Die Bücher müssen doch den Leuten viel ent=
decken!
Ich freu mich schon, wie wird Herr Valentin
erschrecken.

A R I A.

Meine Pein wird nun verschwinden:
Ruthe nimmt sich meiner an;
Dieser ausstudirte Mann
Kann die beste Hülfe finden.

Und

Und mein guter Valentin
Wird beschämt von dannen ziehn.

Zweyter Aufzug.

Erster Auftritt.

Wilhelm allein (nachdenkend.)

Wie kurz war meine Lust! nun fällt mir
Aermsten ein:
Werd' ich von Hanchen denn auch mehr gelie=
bet seyn,
Wenn ihr der Teufel den, den sie so liebt,
entrissen,
Werd' ich hernach nicht mehr, als jemahls,
leiden müssen?
Werd' ich nicht = = wer kömmt da? = = Ach!
es ist Valentin,
Und Hanchen! seh' ich recht? = = ja sie be=
gleitet ihn.
Ich will nicht weit entfernt, sie zu belauschen
gehen.
Geschick! was werd ich sehn? werd ich mein
Unglück sehen?

Zwey=

Zweyter Auftritt.

Hanchen. Valentin.

Hanchen.

Wie unglücklich sind wir! heut sind wir recht
gestöhrt;
Erst stöhrte Ruthe uns, der nicht des Na-
mens werth ..

Valentin.

Den Augenblick darauf mußt' uns dein Schwa-
ger stöhren.

Hanchen.

Heut nahm ich mir es vor, mein Herz dir zu
erklären.

Valentin.

Und ich war heut auch recht zum Scherzen
aufgeräumt.

Hanchen.

Wie dauret mich die Zeit!

Valentin.

– – Wie viel hab ich versäumt!
Ich wollte dir so viel aus Brabant her erzäh-
len.

Hanchen.

Und ich mein schwaches Herz dir länger nicht
verhehlen.

Valentin.

Entdecke mir es noch, und sprich: was nennst
du schwach?
Hast du die strenge Pflicht einmal besieget?

Han

Hanchen.

      = = Ach!

Valentin.

Laß es dich nicht gereun! = =

Hanchen.

      = = wie darfst du wohl gedenken,
Ich würde je die Pflicht = =

Valentin.

    = = nur mich, mich kanst du kränken.
Da übertratst du sie und manchen schönen
         Eid:
Da du dich deinem Mann = = doch es hat
         dich gereut;
Ich denke nicht mehr dran, er ward dir auf-
         gedrungen.
Doch da man jenen Eid zu brechen dich ge-
         zwungen,
Da zwang man dich zugleich zur Brechung
         dieser Pflicht.
Kein Eid verbindt, durch den man einen an-
         dern bricht.

Hanchen.

Gesetzt, du redtest wahr: es wär auch kein
         Verbrechen,
Den abgezwungnen Eid, der mich dir raubt,
         zu brechen:
Sprich? könnt ich, könntst du selbst so un-
         erkenntlich seyn?
Muß ich mich einen Mann nicht zu beleid'gen
         scheun,
Der mich so zärtlich liebt, der mir so sehr ge-
         wogen,
            Der

Der deine Gegenwart nie grausam mir ent-
zogen,

Der gar kein Mistraun fast in meine Tugend
setzt,

Der alles uns erlaubt, was mich und dich er-
götzt?

Du könntest = = Nein, ich weis du hegst
nicht solche Tücke,

Ich liebe dich, du bist zufrieden mit dem
Glücke.

Valentin.

Gewiß, ich schäme mich, daß ich so schlecht
gedacht:

Zum Undanck ist mein Herz, ich fühl es, nicht
gemacht;

Du liebst mich; ach! verzeih es einer heft'gen
Liebe,

Wie bald besiegt sie nicht die andren edlen
Triebe!

Du hebst mich wieder auf! mein schönstes
Hanchen! nein

Ich will dir nicht verhaßt, nicht ein Ver-
räther seyn;

Allein, du bist so schön, ich will es dir geste-
hen,

Um dich wär ich so schwach ein Laster zu be-
gehen.

Wärst du so edel nicht, zugleich als schön du
bist = =

Ja Schönste! du verdienst, daß der dir ähn-
lich ist,

Dem

Dem du dein Herz geschenkt; nein, bey so
     edlen Trieben = =
Muß kein verräth'risch Herz, kein Bösewicht
     dich lieben.
Ich will es auch nicht seyn. Allein dein
     schwaches Herz = =
Was meyntest du damit?

Hanchen.

= = Ich sehe schon den Schmerz,
Den dies Geständniß dir, mein liebstes Herz,
     wird bringen,
Bist du auch stark genug?

Valentin.

= = Das schwerste will ich zwingen,
Wenn du mich liebest.

Hanchen.

= = Ja, mein Herz! ich liebe dich,
Dies weis mein Mann genug; denn nie ver=
     stell' ich mich.
Aufrichtig hab ich ihm oft unsre Lieb er=
     zählet,
Auch du verdienst, daß dir mein Herz gar
     nichts verhehlet.
Die Liebe meines Manns, und die Beschei=
     denheit,
Mit welcher er mich liebt, ja die Erkennt=
     lichkeit:
Daß er dich mir gewährt = = Ich fang' ihn
     an zu lieben,
Ich weis nicht, wär ich ihm auch so getreu ge=
     blieben,

C   Wenn

Wenn nicht die Lieb' in mir die Tugend un=
                    terstützt,
Ja hätt' er stolz darauf, daß er mich ganz
                    besitzt,
Als Mann, und als Tyrann sich seiner Macht
                    bedienet,
Ich glaub', ich hätte längst zur Rache mich
                    erkühnet.

Valentin.

Ach! warum kam ihm doch die Grausamkeit
                    nicht ein?
Mußt er so gütig denn zu meinem Unglück
                    seyn!

Hanchen.

Doch lieb ich dich auch stets.

Valentin.

                    Doch nicht mehr so vollkommen.
Jetzt hat der Glückliche mir mehr, als erst,
                    genommen,
Dein ganzes Herz war mein, so viel besaß er
                    nicht,
Das mind'ste nahm er mir durch die Gewalt
                    der Pflicht.
Noch war ich glücklicher, als er, doch seine
                    Liebe
Nimmt mir jetzt alles weg,

Hanchen.

            = = Verdammst du meine Triebe?

Valentin.

Nein, mir auch ungetreu bleibst du noch tu=
                    gendhaft;
                            Doch

Doch sehn, daß du ihn liebst, dazu fehlt mir
die Kraft.

Wohlan, mein Unglück wills, du sollst mich
nicht mehr sehen,

Und deines Mannes Wunsch, nein, dein
Wunsch soll geschehen.

Mein Leben hab ich nur um dich dem Krieg
entwandt,

Jetzt trag ichs wieder hin; das liebe Vaterland!

Ihm hätt' ich meinen Arm um deine Lieb'
entrissen;

Du hast mich nie dafür belohnt mit deinen
Küssen.

Gieb mir nur einen Kuß! dann eil ich froh
in Tod,

Das bleibt mein letzter Wunsch, zur Lind-
rung meiner Noth.

DUETTO.

Hanchen. Valentin.

Valentin.

Hanchen! ja ich muß dich fliehen,
Bleib' ich länger, wächst mein Schmerz.

Hanchen.

Ganz willst du dich mir entziehen?
Ach! so brichst du mir mein Herz.
Sollt' ich meinen Mann denn hassen?

Valentin.

Nein! doch muß ich dich verlassen.

Liebst

Liebst du mich nicht mehr allein,
Will ich nicht geliebet seyn.

zusammen
Hanchen.
Lieb ich meinen Mann allein,
Kannst du unser Freund doch seyn.

Dritter Auftritt.

Hanchen. Valentin. Wilhelm.

Wilhelm. (kömmt ganz gerührt und plötzlich
hervor.)

Was hör ich? Hanchen! wie?

Hanchen.
O weh! = =

Wilhelm.
Ich bin entzücket!
Ich hab euch zugehört; wie hast du mich be-
glücket!
O! nie vermutheter, glückfel'ger Augenblick!
Mein Freund! mein Sohn! gönnt mir mein
ziemlich spätes Glück,
(Zu Hanchen.)
Wie dank' ich dir genug! du schenkest mir
mein Leben.

Valentin.
O wie viel kostet michs, was sie ihm jetzt gegeben!

Wilhelm (zum Valentin.)
Nein, zieht nicht in den Krieg, bleibt unser
beyder Freund,
Mein Hanchen mir getreu! mein Herz hats
nie verneint;
Nur

Nur Ruthe hat in mir erst den Verdacht er-
                   wecket,
Den ich nie gnug bereu', der mich so sehr ge-
               schrecket.

Hanchen.

Was hör' ich? Ruthe hat = =
          ### Wilhelm.

               Uns alle drey verletzt,
Mein' Ehr', und deine Treu in den Verdacht
                gesetzt.

Hanchen.

Der Bösewicht! der mir = = nie hab ichs
               dir entdecket,
Doch, da er dieses wagt, und unsern Ruhm
               beflecket,
So wisse: daß er längst schon meine Gunst
               begehrt,
Dich zu betrügen mir als kein Vergehn erklärt;
Und weil er nie gewußt, was Ehr und Tu-
               gend heißet,
Glaubt er: daß Valentin ihm nur mein Herz
               entreißet.

Wilhelm.

Was hör' ich? Ey! ist das die Freundschaft
               gegen mich?
Und spielt er dergestalt den Teufel nur für sich?

Valentin.

Ja nur aus Eigennutz hat er mich heut ver-
               dammet;
Ich kannte gleich den Geist, der ihn so stark
               entflammet.

        Wil-

Wilhelm.

Wie sehr bin ich erstaunt! Ja wiſſet ihr noch
mehr;
In kurzem kömmt er hier als Teufel wieder her.
Er ſelbſt iſt der Tyrann, dem er euch überge-
ben;
Allein, wir wollen ihn der Mühe überheben.
Kommt jetzt mit uns zurück, ihr ſollt ſtets
um uns ſeyn,
Ich will mich heute noch auf meinen Gram
erfreun.

Valentin.

Mein Freund! ich bin ihm ſehr für ſeine Huld
verbunden,
Kein undankbares Herz hat er an mir gefun-
den.
Allein erlaub er mir, daß ich uns alle drey
An Ruthen rächen kann.

Wilhelm.

= = Wohlan, es ſteht euch frey!

Valentin.

Ich will den Teufel hier als ein Soldat em-
pfangen.

Wilhelm.

Komm Hanchen!

Hanchen (zum Valentin)
Du kommſt nach!

Wilhelm.

Erfüllet ihr Verlangen.

Valentin.

Mit Freuden, wenn ich nur erſt meinen Sieg
vollführt.

Vier=

Vierter Auftritt.

Valentin (allein.)

Des Mannes Redlichkeit hat mich so sehr ge-
rührt,
Daß ich fast fähig wär den Tort ihm zu ver-
geben:
Daß er sie mir = = Nein, ich kann ohne Sie
nicht leben;
Zwar ich gesteh' es, er ist werth: daß Sie
ihn liebt:
Doch sie verdient zugleich, daß sich ein Herz
betrübt:
Das sie verlieren muß = = ich fühl es = =
Ungetreue!
(Er sieht sich um.)
Herr Teufel kömmt ihr bald? Worüber ich
mich freue,
Ist, daß ich sie annoch an Ruthen rächen kann,
Der ihren Tugenden so strafbar weh gethan!
Ich hör' etwas, er ists; ich will mich zaghaft
stellen,
Und diesen Bösewicht durch seine Ränke fällen.

Fünfter Auftritt.

Valentin, Ruthe (als Teufel verkleidet.)

(Valentin geht Ruthen wie in Gedanken ent-
gegen, da er ihn gewahr wird, weicht er
ganz furchtsam aus: Ruthe aber, welcher
ihm auf dem Fuße nachfolget, springt ihm
C 4 end=

endlich auf die Schultern, worauf sich Valentin hinterrücks mit Ruthen auf die
Erde wirft, und ihn übermannet.)

Valentin (Ruthen schlagend.)

Das wußt ich nicht: daß es so feige Teufel giebt,
Ihr habt das Handwerk wohl noch lange nicht
geübt.

Ruthe.

Erkennt mich, Valentin! schont mich, ich
bin Herr Ruthe.

Valentin.

Herr Ruthe? was bringt euch zu solchem
Uebermuthe?

Ruthe.

Aus Zeitvertreib wollt' ich ⸗ ⸗

Valentin (schlägt immer auf ihn.)

⸗ ⸗ Ich lieb' auch Zeitvertreib;
Auf diesen hab ich längst gewartet.

Ruthe.

⸗ ⸗ Ach! mein Leib!
Ach ihr zerquetschet mich! habt ihr denn kein
Erbarmen?

Valentin (schlägt noch immer.)

Ihr habt auch keins gehabt, wenn ihr mit
euren Armen
In meiner Kindheit mir oft ganze Ströme
Blut
Aus meinen Lenden hiebt; nun fühlt ihr wie
es thut.
Ich bin schon müde: doch ihr müßt noch mehr
empfinden,

Hier

Hier ist zum Glück ein Strick, damit will
ich euch binden.

Ihr sollt die ganze Nacht hier liegen: aber ich
Geh' zum Herrn Pachter hin, daselbst erhohl'
ich mich.

Sobald ich ausgeruht, sollt ihr mich wieder
sehen,

Und dieser Wechsel soll die ganze Nacht geschehen.

(Er bindet ihn.)

Ruthe.

Ach liebster Valentin!

Valentin.

Sonst hieß ich Höllenbrand.

Ruthe.

Seyd doch kein Unmensch! schont doch meinen würdgen Stand!

Valentin.

Für eure Lästerung müßt ihr den Lohn jetzt
haben;

Ruthe.

Ich sterbe = =

Valentin.

= = Sterbt getrost: wir werden euch
begraben.

Sechster Auftritt.

Ruthe (allein.)

O weh! was fang' ich an! verdammter An-
schlag! nein,

C 5   Ich

Ich will mein Tage nicht der Teufel wieder
seyn,

Wär ich ihn diesmahl loß; Ach! will denn
niemand kommen?

Der mich befreyt, ich Narr! was hab' ich
unternommen!

Um dich nur that ich es verführerisches Weib ◦

Wie kalt ist schon die Nacht! mir starrt der
ganze Leib.

Hätt ich nur Hanchens Mann nicht selbst be=
trügen wollen:

Hätt er vom Valentin betrogen werden
sollen,

Ich sterbe! diese Nacht wird meine letzte
seyn = = =

(Er weinet)

Ich armer Teufel! Ach! will mich kein Mensch
befreyn?

Ach weh? wenn etwan gar der rechte Teufel
käme:

Und in der Kleidung mich mit in die Hölle
nähme!

Es rauschet was; ich beb; ach! vielleicht kömmt
er schon ⸗ ⸗

Nein es ist meine Frau, sie spricht, es ist
ihr Ton ⸗ ⸗

Ach die wird mich noch mehr als zwanzig Teu=
fel plagen, ⸗ ⸗

Mein Knecht kömmt mit ihr; still! ich will kein
Wort mehr sagen,

Vielleicht entdeck ich was.

Sie=

Siebender Auftritt.

Colombine. Peter. Ruthe.

DUETTO.

Colomb.

Glaube schönster Peter mir:
Dich lieb ich von Herzen.

Peter.

Schatzerl bin ich nur bey dir,
Kan ich freudig scherzen,
Immer möcht ich bey dir seyn!

Colomb.

Wärest du nur völlig mein!

Peter.

Dieser schöne rothe Mund!

Colombin. = = Deine braune Wangen

Peter. Hatte schnell ⎫
⎬ mein Herz verwundt.
Colombin. Haben bald⎭

Peter. = = Du bist mein Verlangen,

Colombine.

Ueber alles lieb ich dich,
Peter! aber lieb auch mich!

Peter.

= Ja mein Schatzerl,
Gieb ein Schmatzerl,
Denn dein Alter siehts ja nicht.

Ruthe (leise)

Ha verfluchter Bösewicht!

Colomb.

Colombine küßet nicht,

Pe=

Peter.

Und der Alte siehts doch nicht.

Peter. ⎫ Wenn es auch gleich niemand ſicht,
  und ⎬
Colomb. ⎭ Küßet Columbine nicht.

Peter.

Frau Ruthe! glaubet mir, ich lieb euch, ihr
                    ſeyd ſchön,

Ein Blick von euch entzückt: doch ihn zu
                    hintergehn

Verſchönert noch den Reitz, und euch und eure
                    Wangen,

Noch keinen Mann hätt' ich ſo gerne hinter-
                    gangen.

Colombine (ſtößt mit dem Fuße an Ruthe.)
Hier liegt ein Klotz; komm her, komm Pe-
                    ter ſetze dich!
            (Sie ſetzen ſich beyde)

Peter.

Hier ſind wir ganz allein: Mein Schatz! um
                    arme mich

Nur einmal!

Columbine.

Bleibſt du treu? das mußt du mir be-
                    ſchwören:

Peter.

Gern ſchwör ichs.

Columbine.

Sollte dies mein alter Stockfiſch hören:
Ach wär er doch erſt tod, ach ſtürb' er heute
                    noch.

                            Du

Du würdeſt gleich mein Mann; nicht wahr
du wirſt es doch?

Peter.

Von Herzen gern! gewiß er muß nicht länger leben,

Wir wollen morgen ihm ein Ratzenpulver
geben = =

Doch nein das merkte man = = vom Aergern
ſtirbt er nicht,

Sonſt wollten wir ihn ſchon ſo lange = =

Ruthe.

Böſewicht !

Colombine.

O weh ! wer ſpricht allhier?

Peter (zitternd)
Es war bald wie Herr Ruthe.

Ruthe.

Ich bin es, ig. = = = =

Colombine.
Er iſts = = =

Letzter Auftritt.

Die Vorigen. Wilhelm. Hanchen. Valentin (mit der Laterne in der Hand.)

Valentin (zu Ruthen)

= = Nun wie iſt euch zu Muthe?

Ha ſeht , Frau Ruthe ! ſeht; Kennt ihr
wohl euren Mann!

Allein erſchröckt ja nicht! er hat den Teufel
an.

Doch

Doch glaubt: sein Teufel ist ein rechter
                              Bärenhäuter.

Colombine.

Was heißt das? und warum ⸗ ⸗

Wilhelm

      ⸗ ⸗ Ach untersuchts nicht weiter.
(zum Valentin)
Bindt ihn nur los, und laßt den Bärenhäu⸗
                              ter gehn.

Valentin (bindt ihn los)

Doch erst muß seiner Ehr, und Hanchens
                              gnug geschehn.

Ruthe.

Ich lebe wieder auf!

Valentin.

                    Doch bittet erst uns dreyen:
Vornehmlich Hanchen ab, so soll sie euch ver⸗
                              zeihen;
Kniet nieder, sagt mir nach, und schlagt euch
                              auf den Mund
(Ruthe muß niederknien, und dem Valentin
    folgende Zeilen nachsagen:)
Ich mach' es aller Welt, und wem es nöthig,
                              kund,
Daß Hanchen eine Frau, die Ehr' und Tu⸗
                              gend liebet,
Die niemahls ihrer Pflicht zum Nachtheil
                              was verübet,
Ich habe sie verleumdt.
    (Hier winkt Valentin Hanchen, welche Ru⸗
    then eine Ohrfeige giebt.)
                                        Han⸗

Hanchen.
Und dieses ist dafür.

Valentin (saget Ruthen folgende Zeile
auch noch vor, die er nachsagen muß:)

Wer eine Frau verleumdt, dem geh es so wie
mir!

Ruthe.
Ich schäme mich zu todt', ich kann für Schimpf
nicht leben.

(Zu seiner Frau und Petern.)
So überheb' ich euch, mich morgen zu vergeben.

Colombine (zu Petern.)
Das ist recht gut für uns.

Valentin.
Und ich, ich sag' es frey:
Daß ein Verleumder nur ein Bärenhäuter sey.

DIVERTISSEMENT.

~~Jacob.~~

Männer, die der Treu der Frauen
Allzuwenig trauen,
Hören den Verleumdern willig zu,
Diesen Mördern ihrer Ruh;
Männer, werdet doch gescheuter!
Höret den Verleumder nicht;
Denket lieber: wenn er spricht,
Ist der Teufel nicht ein Bärenhäuter?

Colombine.
Männer, die das Unglück tragen,
Man soll euch beklagen;
Ehgericht, und Freund, und jedermann
Ruffet ihr um Mitleid an.

Män-

Männer, werdet doch gescheuter!
Hört, wie der, der euch beklagt,
Selbst der Richter heimlich sagt:
Ist der Teufel nicht ein Bärenhäuter?

Valentin.

Männer, müßt ihr euren Frauen
Allzu wenig trauen,
So macht ihr den Teufel selbst aus euch;
Oder ihr verzweifelt gleich.
Männer, werdet doch gescheuter!
Und wenn ihr euch auch erhenkt,
Lacht doch eure Frau, und denkt:
Ist der Teufel nicht ein Bärenhäuter?

Hanchen.

Gönner! könnten wir nur allen,
Immer wohlgefallen!
Auch in diesem vorgestellten Spiel
War der Beyfall unser Ziel.
Glaubt, wir wollen gar nichts weiter,
Als was euch Vergnügen bringt;
Aber wenn es nicht gelingt,
Heißt der Teufel wohl ein Bärenhäuter!

Nachricht.

Gewißer Leser wegen, wird es nöthig seyn, anzuzeigen, daß dieses Lustspiel aus des Herrn Krügers Schriften, welche Herr Sekretär Löwen herausgegeben hat, genommen ist: es befindet sich unter dem Titul: Der Teufel ein Bärenhäuter, darinnen. Man hat einige kleine Veränderungen dabey angebracht, und etwas zum Singen hinzugefüget. Letzteres geschahe die Belustigung des Zuschauers zu vergrößern; und das erstere war nothwendig, wenn man dieses Stück auf unserer Schaubühne, aufführen wollte.